パーティは明日にして

木田 智美

句集

パーティは明日にして

木田智美

目次

Ⅰ　ひかり

駄菓子屋の前のとまれに春の雪

錠剤のメッキの甘し雛納

北窓をひらきアイロン立てておく

ゆるやかにウォーターゲームの水温む

シーソーは錆びた水色ぎいばたん

風船のいくつかアトリエの天井

たんぽぽの絮のよくつく子ども服

ふとん屋の看板猫の名はさくら

千円の時計は確か遍路道

三月のフレンチトーストと絵本

雪吊りのしばらく残る春の空

虹色のオイルまたぐ卒業の夕

さっきまでピアノの部屋の蝶だった

薬匙に小さじ大さじ春暖炉

しゃぼん玉サーカス小屋のとおくあり

つばくらめなにかを咥え小さな旅

花の雨テントの低き陶器市

ブローチの白鳥の頸折れて春

桃色のハンガーで編むからすの巣

発車メロディ途切れ紙袋にさくら

風光る剥製の鳥飛ぶかたち

舞台袖ひまで桜は戸のむこう
用途なく春や付箋を買い足して
チューリップにやにや笑う星野源

こけるよと言われこける子クローバー

ゆびきりはあなたがほどく瑠璃唐草

めがね屋のめがねまぶしい更衣

庭に育つこれは食べられない苺
あめんぼのいてキッチンの水たまり
芍薬や写真にほんもののひかり

蜂蜜とはなれて置いてばらの花

豆腐屋は鈴を鳴らして夏の蝶

飛魚や胸のリボンをはためかせ

滴りの雲つらぬいてここまできた

夏服の透けて名画のまえに立つ

梅雨寒や異国の瓶の底重く

太陽のひかりの色の冷やし飴
洋裁のひとひらとなる七変化
香水や色褪せている孔雀の絵

金魚には金魚のにおい星が近い

しんどいを言えない大人桃温む

くつわむしおくすり手帳家になし

石鹼は血管のいろ星祭

水の秋てがみ書くにはきれいな手

ジンジャーの花や発行日は未来

梅田駅のホームつやつや天の川

鬼灯や耳にながれる目のくすり

水澄みて河童のいないない古書通り

ネクターのかおりの髪や月見舟

豊の秋マカロニ埋まる写真立て

流星や二段ベッドの硬貨拾う

三角の牛乳パック鳥渡る

抱けばきみ定形外や藍の花

雁渡し古着にエンブレムの跡

黒点のふつふつとあり菊さやか
葡萄おもたしたとえば生理一日目
甘えたいし甘えられたいし秋刀魚焼く

金木犀となりの家の琴の音

やさしくてよく泣くひとへ蜜柑送る

冬構みな黒猫を撫でたがる

凍鶴や欠けてケーキの砂糖菓子

植樹待つあいだは斜め冬の星

本屋歩けば本にぶつかる十二月

冬夕焼け宝石の名を聞き返す

縦縞のパジャマのままに毛糸編む

オルゴールにクッキーの缶冬ぬくし

犬の瞳のやさしく曇る聖樹かな

おむつ出で尾が絨毯を打つくども

ポインセチアどこかへ仕舞う血統書

雪の降る糺の森に鳥がいない

手水舎のつららの先のまるくあり

よく喋り耳赤くして小豆粥

鴨川に子よりおおきな雪だるま

水筒をちゃんと洗うよ凍てながら

冬の灯や一冊を買い満たされる

Ⅱ

水

マシュマロにつんとたつつの猫の恋

アイホール全体に自転車の色を塗れ

うららかや齧れば堅いビルみっつ

奥付も手書きの冊子いぬふぐり

消火器の中身ゆめかわいい雲だ

象の子の目を剥きあたたかなミルク

薄氷や虎に無骨な頸の骨

熊穴を出そうで鉛色の雲

春の水フラミンゴめく鳩の脚

水温むぬらりきゅるんと河馬の尻

薬局のビニールが菜の花のいろ

抱き春の土のにおいのウォンバット

あざらしの鼻のみ水を出てふくらむ
うしろ脚びよん毛刈りの羊たち
まだ子猫かいだんだん状に電話帳

虹を撮るひとのうつっている写真

ベビーカーとびだす元気なはだし

すっぴんもそんな変わらん滝怒濤

キャロラインの部屋には黴びたパンがある

レモン和金アクアリウムに骨吊られ

スーパーカブに乗れば敵なし雲の峰

泣けば泣きつづけるの簡単ラベンダー
クリームソーダぱっちん留めに銀あらわ
古着屋のTシャツ虹色にならぶ

深夜ラジオこころは紫陽花のかたち
扇風機の羽根あおあおと調理室
薄荷飴のように銘木かおる梅雨

チョコレートに音符のへこみ冷蔵庫
妊娠の蜥蜴を這わせれば重し
仙人掌に花指輪のこそばゆくここに

まばたきに鈴の音つかい星涼し

ラジカセの黄みよりの赤海の家

おじぎ草こっちはおじぎしない草

ジオラマにみどりの水や梅を干す
蟬の翅地に焦げていてキャラメリゼ
ライブ後はみんなばらばら沙羅の花

ビーバーの泳ぎのあとの舟の波
魚が魚捕らえて珊瑚礁のなか
ぺんぎんの飛び込みまえの尾のふるえ

写真屋の日焼けしている紙テープ

採血を終えてプールのような空

天の川髪梳いて声近くなる

アイシャドウがおいしい夢と秋の蝶

桃まばゆくナップサックの背にはずむ

マスカット・オブ・アレキサンドリア両手で受け取る

映画のあとの足がふわふわ鳥渡る

秋薔薇わたがしすこしずつちぎる

柳散る煙草はもうやめたらしい

便箋にヒエログリフや秋の風

自転車の車輪の時計ひつじ雲

秋果や耳を覗けばラメ入りの補聴器

ペリカンの飛び立ちそうないなびかり

レッサーパンダ林檎ほしくて舌を出す

ななかまどおおきいバクがおんなの子

おさまりよく陸亀の背にみんなの手
パグ犬にマントを着せてハロウィーン
チンアナゴのチンの部分が出てこない

膝裏のあかるき少女菊花展

合唱コンクール小豆の波の音

スパイダーマン中肉中背芋煮会

咥えつつ噛みたい林檎とか梨とか
騙しあってきたでしょう月と海ぶどう
パステルカラー錆びて寒露の観覧車

銀杏散る道あめ細工かがやかせ

冬あたたかここは真珠の採れる島

水に陽が射してイルカの名は疾風

雪ほたる目をとじて聴く水琴窟

冬夕焼け本引き抜けばゆれる棚

軸足は義足でおどる枇杷の花

パンダ生まれブランケットにパンダの柄

河豚の死をみとどける子や髪さらさら

冬の水小鳥の頭蓋骨つるり

ふくろうのはばたけば葉のふぁっとゆれ

うさぎ寄りあえばうさぎをゆるしあう

狼のくしゃみとなりの人くしゃみ

靴下を毛布の底で脱ぐよろこび

手を引いてビスコ与えよたんぽぽよ

春の雲だれかが描いたキリンの絵

Ⅲ　エナメル

ラズベリータルト晴天でよかった

薔薇園の南を示す図にペンギン
はつ夏のホットケーキにクレーター
太陽の塔にバナナの引っかかる

重力に負けて海月となってゆく

万緑や牧羊犬の追う円盤

先輩の靴のエナメル月涼し

クロワッサンの層の多くて梅雨に入る

換羽期のあたま尖っているインコ

コーヒーゼリー誰にも触れず終わった日

post card

恐れ入りますが、切手をお貼りください

810-0041

福岡市中央区大名2-8-18
天神パークビル501

書肆侃侃房 行

□ご意見・ご感想などございましたらお願いします。

※書肆侃侃房のホームページやチラシ、帯などでご紹介させていただくことがあります。
不可の場合は、こちらにチェックをお願いします。→□　※実名は使用しません。

書肆侃侃房　http://www.kankanbou.com　info@kankanbou.com

■愛読者カード

このはがきを当社への通信あるいは当社発刊本のご注文にご利用ください。

□ご購入いただいた本のタイトルは？

□お買い上げ書店またはネット書店

□本書をどこでお知りになりましたか？

01書店で見て　02ネット書店で見て　03書肆侃侃房のホームページで
04著者のすすめ　05知人のすすめ　06新聞を見て（　　　　新聞）
07テレビを見て（　　　　）　08ラジオを聞いて（　　　　）
09雑誌を見て（　　　　）　10その他（　　　　）

フリガナ
お名前　　　　男・女

ご住所　〒

TEL（　　）　　FAX（　　）

ご職業　　　　年齢　　歳

□注文申込書

このはがきでご注文いただいた方は、**送料をサービス**させていただきます。

※本の代金のお支払いは、郵便振替用紙を同封しますので、本の到着後１週間以内にお振込みください。
銀行振込みも可能です。

本のタイトル	冊
本のタイトル	冊
本のタイトル	冊

合計冊数　　冊

ありがとうございました。ご記入いただいた情報は、ご注文本の発送に限り利用させていただきます。

こんなにも猫あんなにも猫昼寝

靴ひもをきらきらにする夏の夜

明日はすぐ来るし熱帯魚に微熱

河馬の背に乗る河馬の子やアマリリス

ハンカチをひろげてサント・アンヌ号

サンセベリア図書閉館のクラシック

朝練の合間に手を振ってくれた

息継ぎのように黒板見上げ夏

1班のカレーの鍋にすこし雷

色弱の青年と夕焼けのはなし
七月に落つ焼夷弾バレリーナ
向日葵のうなじの少し冷えている

スカートは宇宙の色をして晩夏

プールから水に慣らしてゆくラッコ

盲導犬の目やに凝り固まる炎暑

トンネルへ入る八月のかくれんぼ

木星から帰って来れないパプリカ

昼の月あれラブホテルだったのか

サンドウィッチ貪る絵の具のついた手
洋梨を剥くパーティは明日にして
流れ星降るやクレームブリュレ割る

台風は去って真昼のオムライス
蟷螂が死んだ何も言えずに死んだ
十六夜の山羊の目はいつも四角

空ダークグレー二度寝の覚めて月

ひとがいてうれしい葡萄園に葡萄

外はちょっと眩しすぎて小鳥来る

奇跡的りんご感覚的りんご

月光と血とその他からできている

秋霖をゆくプードルの聴導犬

星月夜シーラカンスを釣る準備

不機嫌なレモン防空壕のレモン

秋の色ありパーマ屋のシャンデリア

シーフードヌードル休講日の大学

柚子は黄に手話サークルは円になる

紅葉且つ散るチケットの引き換えに

濡れる星雀は蛤となれり

寒いねと言い惑星の色を塗る

冬の猫等間隔の瓶またぐ

長生きはするけど死ぬよ冬帽子

手袋をはずしてから手に触れたい

抱くことはできないインコ冬の星

海外のニュースの河馬が泣いていた
白熊の毛の一本に棲む光
凍蝶の体温を知るための策

セーターを着て日曜はパンを焼く

血が出ると痛いと知っている兎

オーロラをつくる隠し味にケチャップ

マスクはずしても歯科衛生士でした
居酒屋に三毛猫こゆびに霜焼け
ロープウェイ乗り場のストーブに黄ばみ

農業高校ぬるんずるんと牛生まれ

ジーンズを捲って春の海に入る

ローズマリー庭のフェンスのただ白い

ペコちゃんの目は春の虹みる高さ

長靴を鳴らしゆくプラネタリウム

豆腐屋は花屋のとなり春の雲

新品の教科書こくごいいにおい

春の虹つまづくけれど転ばない

目を開けたまま死す象や花曇

写真撮るときはのけぞる春の風
さくらさくら散りゆきサックスの中へ
春の夜の入浴剤の溶けのこり

電球のかたちを濡らす春の雨
猫の子の夢ににおいのあるだろう
春光にさらして角砂糖かわいい

Ⅳ 絵の具

マイナーなバンドの曲や青嵐

ポケットに誰かの校章更衣

関節の鈍く鳴りたる海月かな

花ばらや幼なじみに会いたくない

好きじゃないけど今バナナ気分です

太陽の塔を登りし千の蟻

五月野やフリーハンドの世界地図

薔薇に触れ少し後悔したる指

靴下の紺ずれて六月の風

ほうたるやリップクリーム微温くなる

泣くときは隠れてかんかん帽の縁

シェパードのにおいしして今日も雷

万緑の中ばらまいた英単語

水筒を覗く少女や夏休み

海水着うみの強さをまだ知らず

路線図の交わるところだけ晩夏

遠雷や白へ戻りしフラミンゴ

白玉のぷくりと浮いて呼吸して

原爆忌絵の具の黒は使わない

朝顔のむらさき象の耳に沿う

サーカス団の猫天の川見上げ

セレビィのいそうな百葉箱に秋

白菜のへろんとしたるカップ麺

おやすみを繰り返す声十二月

V

たぶん

心臓に集う柚子湯の柚子むっつ

老松に原色かさね能楽部

おでん屋ののれんの赤をくぐる猫

ルミナリエ笑む車いす押すひとも
冬アイス硝子の犬に陶器の小屋
映画のなかの雪が本物だったらいい

川涸れて蹴上の地図はまじ卍

制服に小銭直接たい焼き屋

更衣室タイツのデニールの話

漫才師去る足揃う三十三才

いつから粗品と名乗りかじかむ手

三男のぽつねんとして雪の中

羽毛入りたまごパックや冬あおぞら
ライブ納めタオルをマフラーに替えて
洗いたてのパジャマに袖を星あたらし

柴犬の四肢太くあり初日の出

さよならをする七種を言い終えて

春節の飾りのなんば駅をゆく

宇宙めく店先アメジストドーム

遊具たぶんコアラを模して春の昼

文通に利き手のことが書いてある

春いちばん製作委員会は謎

あした穴を出ようとおもう熊であった

舌は虫のかたちを憶え春の風

わかめ和えわかるよ奈良の訛りなら
野外ステージにサンパチマイク春の鳥
公園の出口に落とす花かんむり

芝桜みにいこうポストのしたの

犬駆けて菫や注射とは知らず

塗り替えて水色の橋さくら東風

葱の花海ひからせて港町

忍者体験ブースにさくら散るさくら

春満月そのした京都アニメーション

箸入れのパアンと落ちて今朝の地震
剥がれずに付箋一見変わらぬ町
ランタナの増えてイオンの暗き昼

六月の余震みあげて声が出る
ゆれて夜DJが言う大丈夫
イエローピコゆれ落ち明日は普通がいい

百日紅サインを探す絵のどこか
きのうからずっとかなしい熱帯魚
手を合わす庭一羽目は青い鳥

メタセコイア抜けて合宿所の下見
夏の月ウバメの森の枝を踏む
送り梅雨フルーツポンチならおかわり

ただいま金魚カルピスに冷え家の鍵

スジャータのトラックのゆく夏休み

夜店抜けこんなに短かったっけ

平和ぼけをくださいい晩夏ですので
誰かから問うてオフィスのラムネ菓子
コンビニの花火がしょうもなくて笑う

ほしづきよ猫の種類はミヌエット
たましいのかるさ夜長の無線LAN
あれはアンドロメダと指した手に煙草

Ⅵ

艶

八月が光る時計の針光る

爽やかやや葉脈に沿い割れるパイ

目をほそめ三日月を研ぐペダル漕ぐ

ドライヤーの奥は威嚇の秋の色

稲光トルソーの肩弾けそう

ビクターの犬の置き物ラ・フランス

画集に赤きサテンの栞秋の朝

夜食とるバレエシューズに傷二本

黒ぶどう原画につぎはぎの多し

黄葉のポプラのしたで待ってるね

下駄箱に秋のホルンとすれ違う

そらいろの椅子そとへだす運動会

保留音ヘイ・ジュードなり狗尾草

空港に歌集売られて檸檬の頃

栗ご飯ペンの掠れがそのまま載る

ブックエンドに鳥のくり抜き林檎に蜜
試写会は黄落の京都市某所
めがね屋に天窓のある十一月

つめたくて赤いベンチやミニシアター
七五三くちべにすべて舐めつくす
首にメジャーかけ初雪のアトリエに

冬の月ビル四階はラジオ局
サンタクロース右腕に時計してた
きのう淹れたコーヒー酸っぱしアノラック

整備士を呼べば冬あおぞらの下
むつの花駅のピアノはご自由に
スキーウェア脱ぎそういえば痩せていた

寒菊や杖を使わぬ舞台上

一月の雲なき空いろの車

降る雪や豆大福の低き棚

冬凜と女優は眉を描かずとも

溶接の火花の騒ぎ息白し

着ぶくれて妻に内緒で楽器店

うぶうぶと犬の寝息や花野菜
鳥かごと霜夜に仕舞うテレビデオ
春隣ピンクッションに花の刺繍

コートに手を棉花の種をたしかめる

うさぎ座の触れあわぬ耳冴返る

きさらぎや切手に金のさくら透く

恋猫か恋猫じゃないかもしれぬ

紅梅や飛行機のもう雲のなか

雪やなぎ空のちかくの出版社

木の芽あめと西松屋と遊園地
ひこばえて十年先もここにいて
春愁やむすめ婚して猫の部屋

春の月菓子箱に箱すきまなく
サーマルのシャツを子猫のくぐる朝
黄の鉢をあふれドルフィンネックレス

チケットの手売りに列や春の雪

ウケたあと自分も笑う蝶の昼

花冷えの裏地は派手に漫才師

桜通りぬけてはぐれて月の白
手のとどくところきれいに春の鳥
佐保姫のつぎつぎ双子見分けゆく

春や春江戸のにおいのカンロ飴

桜餅女優はおややゆびもきれい

蝶々や泣けばあらわる下睫毛

黒板に消えぬ五線譜かすみ草

桜蘂降る自転車は海の色

みどりさす桂馬削れたまま遺し

草いちごしゃがんで汽笛が近い
国境のなくありふれる薔薇の影
あじさいのあかるいうちに会いにきて

ものかげに臥して黒揚羽のなびく

香水の蓋に天使のひとりきり

梅雨入りや解散告ぐるTwitter

カナリアに籠雷にねむれない
夾竹桃こぶし握れば透ける骨
蛇衣を脱ぐや瞳に爛と艶

冷水機のしたへ蜥蜴の尾の碧く
油絵の裏に日付を書いて虹
はちどりの先より甘くなってゆく

サイダーを飲みほすための腕まくり

西日射すまでパレットは白い花だった

箱庭に脱ぎっぱなしみたいな靴

果てて夏紙の星座の早見表

積み靴の空箱月にとどくまで

七夕や子のみつあみを父が編む

あとがき

数年前、何のために俳句をやっていますか、と訊かれ、うまく答えられなかったことがある。やってみたら楽しくて、やめようと思ったことはなくて、いつか句集は出版したいけど、いつになるんだろう、と思っていた。出版のタイミングはなかなかわからなかったけど、時間をかけて、名刺代わりに出したいと思えるようになった。

句集名はおめでたいものが良いと思い、パーティという言葉が入っている句から引用した。句集らしくないタイトルになったことも気に入っている。『パーティは明日にして』には、俳句をはじめた二〇〇九年から二〇二〇年までの三八五句をまとめて収録した。構成としては、Ⅲ章が大学生の頃の句、Ⅳ章が高校時代の句となっている。

俳句はひとりでもできると思ってしまうけど、きっかけや原動力はいつも周りのひとからもらっていた。俳句の基礎を教え自由に創らせてくれた高校時代の顧問の先生やその頃の仲間、大学生や社会人になっても俳句を続けられる環境があったことが大きい。自分ひとりでは行かないところに、周りのひとたちがいつも連れて行ってくれた。新年早々、雪の降る糺の森を抜けて下鴨神社に行き、小豆粥を食べて、鴨川を見下ろしたこの一日だけでも、人生すこし得をしている。

すきな映画や音楽、漫画やアニメ作品、芸人さんのネタ、たまたま観たテレビ番組や読んでみると面白かった新聞記事などに、日々勝手に救われている。みたものすべてが俳句につながってゆき、感謝が追いつかない。そのすきな作品たちが世に発表されるまでに、たくさんのひとが関わっていることも忘れてはいけないと思っている。

句集を出版するにあたり、お世話になった書肆侃侃房の皆さんや帯文を書いてくださった神野紗希さん、表紙のイラストを描いてくれた友人の田中夏子さんにもこの場を借りて感謝を申し上げたい。

何のために俳句を続けているのかと訊かれたら、自分が楽しいからというのは今も変わらないけど、これからはその楽しさを伝えられることができたら嬉しい。

私の俳句はどう読んでいただいても良くて、どう読んでいただいても、あなたの解釈が正解だと思います。あなたの感情を大切にしてください。この句集を手に取ってくださって、ありがとうございます。

俳句の未来があかるいことを願って

木田智美

■著者略歴

木田智美（きだ・ともみ）

1993年、大阪府生まれ。
2009年、俳句甲子園出場をきっかけに俳句を始める。
俳句雑誌「奎」同人。

句集　パーティは明日にして

二〇二一年四月二十七日　第一刷発行

著　者　木田智美
発行者　田島安江
発行所　株式会社 書肆侃侃房（しょしかんかんぼう）
〒八一〇-〇〇四一
福岡市中央区大名二-八-十八-五〇一
TEL：〇九二-七三五-二八〇二
FAX：〇九二-七三五-二七九二
http://www.kankanbou.com info@kankanbou.com

編　集　藤枝大
装　画　田中夏子
装　丁　藤田瞳
DTP　黒木留実
印刷・製本　亜細亜印刷株式会社

ISBN978-4-86385-457-4　C0092